Angèle
et
ses amis

France Lorrain

Illustrations, conception graphique et mise en pages : Marie Blanchard
Révision et correction d'épreuves : Anik Tia Tiong Fat
Imprimé au Canada

ISBN 978-2-89642-205-0

Dépôt légal — Bibliothèque et Archives nationales du Québec, 2009
© 2009 Éditions Caractère

Gouvernement du Québec — Programme de crédit d'impôt pour l'édition de livres — Gestion SODEC

Nous reconnaissons l'aide financière du gouvernement du Canada par l'entremise du Programme d'aide au développement de l'industrie de l'édition (PADIÉ) pour nos activités d'édition.

Visitez le site des Éditions Caractère
editionscaractere.com

Angèle a mal aux dents

Angèle a cinq ans.
Sa maman s'appelle Florence.
Son papa, c'est Vincent.

Aujourd'hui, c'est dimanche.

Angèle n'est pas contente.

Elle a mal aux dents.

Sa maman, son papa et ses grands-parents regardent un film comique à la télévision. Tout le monde rit sauf Angèle. Elle pleure, le nez enfoui dans son ourson blanc. Comme elle a mal aux dents !

— Ça fait mal maman ! Ça fait mal papa !

— Ouvre la bouche, je vais mettre un clou de girofle sur ta dent, lui dit sa grand-maman. Tu verras, cette épice fait des miracles. C'est un vieux remède très efficace.

— Beurk ! Ce n'est pas bon !
gémit Angèle en recrachant
aussitôt le clou de girofle.

— Viens avec nous regarder le film, dit son papa. C'est très drôle. Tu vas oublier ta dent.

Tout le monde rit, mais Angèle pleure toujours.

— Ouille! Non papa. Ça fait trop, trop mal!

Durant la pause publicitaire, son grand-papa Achille, lui chante une chanson :

— Chante avec moi, ma petite Angèle !

— Ouille! Non grand-papa. Ça
fait vraiment trop mal!

— Viens ici Angèle, je vais te faire un bisou, dit sa grand-maman qui tricote sur le divan.

— Avale ce médicament, dit
sa maman. Nous irons chez le
dentiste demain matin.

Angèle se lève d'un bond.

— Je veux aller chez le dentiste !
Tout de suite !

Aussitôt dit, aussitôt fait ! Et hop !
Papa, maman, grand-papa,
grand-maman et Angèle montent
dans la voiture. En route !

— Hé, attendez! J'ai oublié mon
ourson blanc! s'exclame Angèle.

Son papa Vincent court aussitôt
jusqu'à la maison.

Il revient avec l'ourson.

Un, deux, trois, quatre, cinq et…
un toutou dans la voiture !

— Ouvre grand la bouche, je vais examiner tes dents, dit le dentiste.

Assise dans le grand fauteuil, Angèle serre son ourson.

Elle est brave, c'est une grande fille.

Elle ouvre grand la bouche pour montrer ses dents.

— Je vois, je vois, dit le dentiste. C'est une petite carie. Je vais te soigner ça tout de suite.

C'est Angèle qui est contente.
Elle n'a rien senti et elle n'a plus
mal, plus mal du tout!

Il est gentil monsieur le dentiste.

FIN !

Monsieur Non !

Léon est un petit garçon très mignon.

Mais parfois, il est grognon !

Léon… il dit toujours *non* !

Sa maman dit :

— Viens faire tes leçons Léon.

Il répond :

— Non !

Son papa dit :

— Range tes camions Léon.

Il répond :

— Non ! Non !

Sa grande sœur Angèle demande :

— Tu viens jouer avec moi Léon ?

Léon répond encore :

— Non !

Son grand frère demande :

— As-tu pris mon nouveau crayon Léon?

Il répond :

— Non, bien sûr que non !

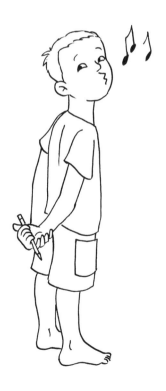

C'est comme ça avec Léon.

Parfois, on l'appelle *monsieur non*!

Au déjeuner, Léon boude :

— Non, je ne mange pas de melon.

Au dîner, Léon ajoute encore :

— Non, je ne veux pas de jambon !

Au souper… au souper, qu'est-ce qu'il dit le petit Léon?

— Non!

À l'école, son professeur demande :

— As-tu appris tes additions ?

— Non, répond Léon. Pas question !

Quel grognon ce garçon !

C'est le champion du non !

Son ami Simon, l'attend pour
la récréation.

— Alors Léon, on joue au ballon?

— Non, pas au ballon.

Mais le samedi, chez grand-papa Gaston, Léon ne dit pas non !

— Veux-tu des bonbons mon petit Léon ?

— Oui ! Merci grand-papa !

FIN !

Raoul le loup

Dans la forêt, vit un petit loup.

Ce louveteau, se nomme Raoul.

C'est un petit loup tout noir et
tout doux.

Ce matin-là, il joue avec son amie Célestine la mouche.

Célestine virevolte tout près de son cou.

Raoul court très vite pour attraper son amie la mouche, mais en vain !

Il est tout énervé car Célestine est agile et vive.

Le petit loup se cogne de tous côtés : Boum ! contre un arbre ! Boum ! contre un gros rocher ! Et… Bim, bam, boum ! Il atterrit sur Honorine la poule !

Honorine, la petite poule rousse est très fâchée.

Raoul l'a réveillée.

Alors, elle rouspète et crie très fort.

Le petit loup cesse de galoper.

Navré, il présente ses excuses à son amie la poule.

Il aimerait bien jouer avec les poussins. Mais où sont-ils ?

Raoul crie très fort :

— MAIS… HONORINE, OÙ SONT TES POUSSINS ?

La petite poule rousse ne répond pas. Elle boude. Elle n'aime pas que l'on crie, surtout quand elle couve ses petits.

Raoul tourne la tête pour observer la petite poule en colère. Elle est vraiment très fâchée ! Impressionné, Raoul recule, et…

BOUM ! BADADOUM !

Il tombe à la renverse.

Sur le sentier, Raoul roule et déboule sur les cailloux.

Ouille ! ouille ! ouille !

Attention Raoul !

Plouf !

Trop tard, le voilà, le nez dans la boue !

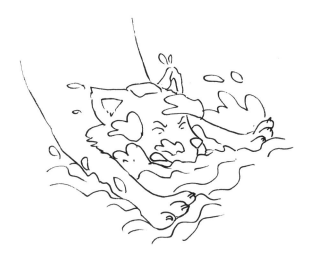

Non loin de là, la souris Eugénie observe tout, cachée dans son trou.

Elle éclate de rire et se moque de lui :

— Ha, ha, ha ! C'est bien fait pour toi ! Que cela te serve de leçon !

Fâchée, Honorine la poule fait des gros yeux.

Amusée, Eugénie la souris frappe des pattes.

Légère, Célestine la mouche continue de voler autour du petit loup plein de boue.

Penaud, Raoul le loup reste couché dans la boue.

Il n'est pas content, pas content du tout !

Et la petite poule de s'exclamer :

Allez ! Hop !
Debout
petit loup
marabout !

Et la souris d'ordonner :

Lève-toi donc
petit Raoul !

Et la mouche de s'écrier :

Cesse de bouder et
viens donc jouer !

— Ha, ha, ha ! rit la souris.

— Hi, hi, hi ! se moque la poule.

— Ho, ho, ho ! rigole la mouche.

C'est hilarant de voir notre ami Raoul entièrement couvert de boue !

Raoul ne bouge pas. Mais le petit loup espiègle ne peut pas rester fâché bien longtemps.

Tout à coup ses yeux s'illuminent. Le petit loup a une idée, une idée de génie.

Alors il se relève d'un coup.

Raoul aussi veut s'amuser.

Il prend son élan et fait la roue.
Il tourne et tourne beaucoup.

Voilà ! Il n'y a plus de boue sur Raoul !

Le petit loup est tout propre. Le voici enfin débarrassé de toute cette gadoue.

Mais, où est donc passée la boue ?

— C'est bien fait pour vous !
Il ne fallait pas vous moquer de
Raoul le loup !

À chacun son tour de rire un
bon coup !

FIN !